EL VIAJE DE JENNY

SHEILA WHITE SAMTON

traducción de **ARSHES ANASAL**

PUFFIN BOOKS

PUFFIN BOOKS
Published by the Penguin Group
Penguin Books USA Inc., 375 Hudson Street, New York, New York 10014, U.S.A.
Penguin Books Ltd, 27 Wrights Lane, London W8 5TZ, England
Penguin Books Australia Ltd, Ringwood, Victoria, Australia
Penguin Books Canada Ltd, 10 Alcorn Avenue, Toronto, Ontario, Canada M4V 3B2
Penguin Books (N.Z.) Ltd, 182–190 Wairau Road, Auckland 10, New Zealand

Penguin Books Ltd, Registered Offices: Harmondsworth, Middlesex, England

Jenny's Journey was first published in the United States of America by Viking Penguin,
a division of Penguin Books USA Inc., 1991
This translation first published by Viking,
a division of Penguin Books USA Inc., 1993
Published in Puffin Books, 1996

1 3 5 7 9 10 8 6 4 2

Copyright © Sheila Samton, 1991
Translation copyright © Viking,
a division of Penguin Books USA Inc., 1993
All rights reserved

THE LIBRARY OF CONGRESS HAS CATALOGED THE VIKING EDITION AS FOLLOWS:
Samton, Sheila White [Jenny's Journey. Spanish]
El viaje de Jenny/Sheila White Samton; Traduccion de Arshes Anasal. p. cm.
Summary: Jenny imagines sailing across the ocean to visit her friend Maria.
ISBN 0–670–84843–3
[1. Boats and boating—Fiction. 2. Whistling—Fiction. 2. Voyages and travels—Fiction.
3.Imagination—Fiction. 4. Spanish Language materials.]
I. Title.
PZ73.S28 1993 [E]—dc20 92–22913 CIP AC

Puffin Books ISBN 0–14–055605–2

Printed in the U.S.A.

Este libro es para
Willa Breslaw,
Janet Coleman
y Karen Wilkin,

amigas para toda una vida.

Un día, Jenny recibió una carta
de su mejor amiga
que se había mudado muy lejos.
Jenny se sintió triste porque
su amiga estaba sola.

Jenny le contestó en seguida:

Querida María, yo también te echo de menos.

Este es el dibujo del barco en el que iré a visitarte.

¡Allá voy! ¡Sale el sol y yo me
lanzo al mar! ¡Voy navegando en mi barco
entre los remolcadores y los veleros,
entre las lanchas a motor y los transbordadores,

— ¿A dónde vas?

más allá de la estatua de
Nuestra Señora de la Bahía
y bajo un puente,

hasta que llego a alta mar!

¡María, me despierto y estoy
completamente sola en medio del océano!

¿Te acuerdas de lo triste que me sentía cuando te mudaste? Ahora también me siento sola pero un delfín salta fuera del agua.
¡Y luego otro más! ¡Y aquí vienen las gaviotas!
¡Todos quieren mi desayuno!
Se parece al día en que les dimos de comer a las focas del zoológico.

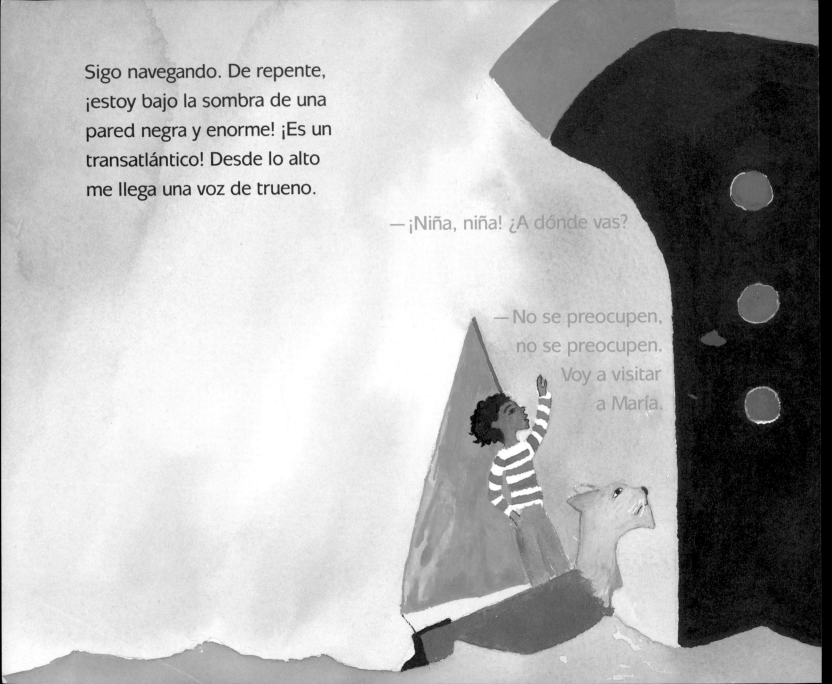

Sigo navegando. De repente, ¡estoy bajo la sombra de una pared negra y enorme! ¡Es un transatlántico! Desde lo alto me llega una voz de trueno.

— ¡Niña, niña! ¿A dónde vas?

— No se preocupen, no se preocupen. Voy a visitar a María.

Esa noche navego con mi barco
por una serie de islas.

A la mañana siguiente,
abro los ojos y . . . ¡Oh,
no! ¡Estoy en medio
de una tormenta! El
viento aúlla y llena la
vela de aire, y me paso
el día navegando entre
olas tan altas como
montañas, hacia arriba
y hacia abajo,

hasta que el océano vuelve a
calmarse y puedo sacar
la guitarra y cantar.

—Oh María, no llores más por mí.
Yo cruzaré este mar azul
sólo para verte a ti.

Me parece que ya estarás pensando que no voy
a llegar nunca. Pero al día siguiente,

¡por fin veo tierra!
Hay un muelle largo
y allí estás tú,
esperándome.

¡Viva!

Así que no te sientas sola.
(¡Pues algún día iré
a visitarte en serio!)

Cariños, tu amiga,

Jenny